@JV_SARMIEN

W0201653

@J_A_BERNAL

@FUNREADERS

#JUANSINMOVIL

©2016, José Vicente Sarmiento Illán por el texto
©2016, José Antonio Bernal Valero por las ilustraciones

Corrección: Consuelo López Moya
Diseño y maquetación: Fun Readers Editorial , C.B.

©2016, Fun Readers Editorial , C.B.
C/ La Landrona, 2
03380 - Bigastro (Alicante)
info@funreaders.es
www.funreaders.es

Primera edición: Septiembre 2016
ISBN: 978-84-944412-3-3
Depósito Legal: A-550-2016

Impreso por Alprint, Murcia
Impreso en España - Printed in Spain
Reservados todos los derechos

FSC El papel utilizado para la impresión de este libro (Cyclus Print) es cien por cien reciclado y libre de cloro, por lo que está calificado como papel ecológico.

Juan sin móvil

José Vicente Sarmiento Illán

Ilustraciones de Bernal

FUN readers

«La palabra progreso no tiene ningún sentido mientras haya niños infelices»
Albert Einstein

Para mis hijos, **Hugo** y **Emma**, que son, sin duda, lo mejor que me ha pasado en la vida.

Para mis hijas, **Irene** y **Elena**, que me dibujan cada día una sonrisa y dan color a mi vida.

Capítulo 01

Me llamo Juan

NATIVOS DIGITALES

Niños y adolescentes que han nacido después de los años 90 y poseen procesos mentales diferentes que les permiten asimilar con mayor rapidez el uso de las nuevas tecnologías como Internet, dispositivos móviles, nuevas consolas de videojuegos, etc.

INMIGRANTES DIGITALES

Aquellas personas que han tenido que adaptarse a estas herramientas, encontrándose, en algunos casos, con grandes dificultades.

Hola, me llamo Juan y tengo diez años. Todos mis amigos, bueno, todos mis **NO** amigos dicen que soy un poco raro. Yo no creo que sea raro, para nada. Soy un chico normal, ni tonto ni listo, ni alto ni bajo, ni flaco ni gordo, ni guapo ni feo, bueno, guapo creo que sí soy, o por lo menos eso me dicen mi madre y mi abuela a todas horas.

¡Qué pesada mi abuela, está obsesionada conmigo!

Cada vez que la veo tengo que pensar en qué moflete me besó la última vez, más que nada para evitar que se haga un agujero. Coloca su boca en forma de «O» sobre mi mejilla (de tal forma que se produzca un vacío), toma aire por la nariz y de manera casi imposible para las leyes de la física, me besa como una ametralladora mientras emite unos sonidos que creo comprender:

«¡AY AY AY AY AY AY AY AY AY!,
¡Qué guapo es mi Juan!

¡Dios mío, es el niño
más guapo del mundo entero!
¡MUAC MUAC MUAC MUAC MUAC MUAC!».

Sí, ya sé que muchos de vosotros conocéis esta situación. Eso sí, una cosa os quiero dejar clara, a mi abuela se lo consiento porque la quiero muchísimo y tiene la patente del beso metralleta, pero a nadie más.

Para mis tías tengo una táctica: cuando las veo en posición, coloco el dedo índice en mi mejilla (siempre antes de que se produzca el vacío, si no ya no hay escapatoria), ladeo la cara mientras les doy un abrazo rapidito a cada una, les suelto un «hola titas» y salgo corriendo.

Como decía... Me llamo Juan y dicen que soy un poco raro. Os estaréis preguntando por qué piensan eso de mí. Puedo imaginar por qué creen que soy raro, pero os prometo que yo no tengo la culpa. Yo quería ser un chico normal, como los demás, pero no he podido. Os cuento un secreto... Hace un tiempo pensaba que toda la culpa era de mis padres y llegué a enfadarme mucho con ellos. Ahora, después de todo lo que ha pasado, creo que un poco de razón tenían y ya los he vuelto a querer como antes, o incluso más.

Ahora os estaréis haciendo dos preguntas: por qué todo el mundo piensa que soy raro y qué es todo eso que ha pasado.

Os voy a contar lo que ocurrió. Sé que muchos de vosotros no vais a creer mi historia, pero tengo testigos que pueden asegurar que lo que os cuento ha sucedido de verdad. Será mejor que vayamos poco a poco, antes de hablar de ese fatídico día, os voy a relatar cómo llegué a esa situación. Y para eso, os tengo que presentar a mis padres, a mis amigos y a mis **NO** amigos, que han compartido conmigo esta aventura.

Capítulo 02

Mis padres

Tecnofilia

«Tecno-» referido a tecnología y «-filia» a simpatía o afición. La tecnofilia es la pasión exagerada por la tecnología. Hay distintos grados de tecnofilia que, en el extremo, pueden convertirse en adicción. Los tecnofílicos más obsesivos suelen comprar las últimas versiones de los nuevos productos a precios exorbitantes.

Tecnofobia

Miedo a las nuevas tecnologías. Muchos padres sienten miedo a los avances tecnológicos, generalmente por desconocimiento, pero tranquilos que en la mayoría de casos no es grave.

Me han tocado unos padres miedosos, sobre todo mi madre. Les asusta la tecnología, bueno, en realidad les asusta todo lo que no controlan, pero en especial todo lo que lleve botones, o peor, todo lo que no lleve botones. Dicen que hablamos raro, que no saben a dónde vamos a llegar con tanto cacharrito.

Hasta ahora he podido aguantar siendo el único de mi clase que no tenía ni *Noentiendo D-eso,* ni *Güi,* ni *Pleisteichon 3,* ni *Equis-Vos* y, lo más penoso, ni una triste tele en mi habitación. Si hablamos de un móvil, peor todavía. He intentado conseguirlo en mis últimos cumpleaños, pero ha sido un desastre total.

Os lo cuento...

MI OCTAVO CUMPLEAÑOS... Soplé las velas con todas mis fuerzas mientras pedía un deseo. ¡UN MOMENTO! Sí, soplé las velas y pedí un deseo, ¿qué pasa? Ya sé que los deseos no se cumplen y que eso de soplar velas ya no se lleva pero,

conociendo a mis padres, tenía pocas alternativas. En fin, soplé las velas y pedí como deseo un *smartphone* último modelo (a ser posible el de la manzana mordida).

¡¡¡Os lo podéis imaginar, ni un móvil, ni una *tablet*, ni una consola, ni un pedazo de ladrillo con forma de móvil!!!

MI NOVENO CUMPLEAÑOS... Este año sí que estaba todo a mi favor. La tarta fue la mejor del mundo, por fuera, claro, porque por dentro... Estaba malísima, he probado piedras más blandas y con mejor sabor, pero ese es otro tema. Soplé las velas y pedí un deseo, el mismo deseo del año anterior. Además, no lo pedí una sola vez, lo pedí cada vez que apagaba las velas, unas velas que volvían a encenderse solas. Ya las había visto en otros cumples, pero mi padre estaba disfrutando tanto que me hice el tonto y seguí soplando. A partir de la décima vez miraba a mi padre muerto de risa en el suelo y a mí ya no me hacía nada de gracia.

Estaba deseando abrir los regalos y me fui directo al paquete rectangular con el tamaño perfecto...

¡¡¡Esta vez sí, ESTA VEZ..., OTRA VEZ...

NOOOOOOOOOOOOO!!!

Era un parchís de viaje. ¿Para qué quiero un parchís de viaje? Lo lancé contra el suelo con todas mis fuerzas y salieron todas las fichas disparadas. A mi padre se le cortó la risa de golpe (del golpe del parchís contra el suelo) y a mí se me acabó el cumpleaños.

Me tocó recoger las fichas una a una. Si las de un parchís normal ya son pequeñas, imaginad las del parchís de viaje, ni con una lupa las encontraba y si le sumamos mi manía por morderme las uñas, os podéis hacer una idea del tiempo que tardé en recogerlas todas... Creo que hasta mi siguiente cumpleaños.

25°C

Hace poco celebré **MI DÉCIMO CUMPLEAÑOS**, ya sabéis lo que esperaba, un móvil o por lo menos una *tablet*. ¿Os lo imagináis? No fue un buen día. Como el idiota que soy, soplé las velas y pedí el deseo. Yo pensaba que este año por fin me lo regalarían. Tengo ya diez años y soy «casi» el único de mi clase que no tiene móvil. En realidad soy el único «normal» que no tiene móvil, los otros dos son muy raros, así que no cuentan.

Este año no fue un parchís, imagino que así mis padres se evitaban castigarme y estar otro año recogiendo fichas de colores esparcidas por todo el salón. Esta vez fue una bicicleta, que no está mal, que me gusta mucho, que es superchula...

¡PERO NO ES UN MÓVIL!

Así que ya era hora de que me escucharan, esto no podía quedar así...

–¡Papá, mamá! Todos mis amigos tienen móvil desde hace por los menos un año. Yo quiero uno, ¡por favor!

–Juan, ya sabes lo que opinamos tu madre y yo. No estamos en contra de la tecnología, pero pensamos que todavía no necesitas un móvil.

–¡Sí que lo necesito! No estoy en ningún grupo de wasap y ya no quedan conmigo porque no me entero de ninguno de sus planes. No quieren que vaya con ellos porque dicen que no sé jugar a nada, que no me paso ni una pantalla de ningún juego. ¡Ya no tengo amigos! ¡DICEN QUE SOY RARO!

–Eso no es así –dijo mi madre acariciándome la cara–, nadie va a dejar de ser tu amigo porque no tengas móvil. Si es así, no te merecen.

–Sí, sí es verdad –dije mientras sentía calor en mis mejillas y contenía las lágrimas–, desde que ha empezado el curso no he quedado con nadie.

–¿Qué me dices de Lisa? –susurró mi madre en tono cariñoso, como para que mi padre no la oyera–. Ella siempre va contigo.

–¡Mamá, por favor! ¡Es una chica! Es mi amiga, pero no es lo mismo, no podemos hacer cosas de chicos y además, es muy muy muy... Ella no cuenta.

–¿Y qué me dices de Roberto? Vas muchas tardes a su casa y parece que os lleváis bien, ¿no?

–¿Rob? Roberto no cuenta, él es... es... no sé, pero... ¡¡¡TAMPOCO CUENTA!!!

–Juan –interrumpió mi padre intentando acabar con la conversación–, dentro de unos años, cuando lo creamos conveniente, te lo compraremos. No te preocupes hijo.

–¿¿¿QUÉÉÉÉÉ??? ¿Dentro de unos años? ¡Sí, cuando sea viejo y esté solo en el mundo!

–¡Vale ya, Juan! ¿Te imaginas que hubieras usado la calculadora antes de aprender a sumar o a restar? ¿De qué te serviría? De nada. Pues con la tecnología ocurre lo mismo, debemos comprenderla antes de usarla, si no estaremos perdidos, la sociedad estará perdida, no servirá para...

Ahí ya dejé de escuchar, mi padre seguía hablando bla, bla, bla... Pero ya no le prestaba atención. Lo que me quedó claro es que me iba a pasar al menos otro año sin móvil, sin poder hacer nada, sin amigos, aislado y marginado.

Me giré para que mis padres no me vieran llorar. Me han visto muchas veces, pero acababa de cumplir diez años y tenía que ser fuerte. Además, tampoco quería que pensaran que no me había gustado la bicicleta y me encontrara en el próximo cumpleaños con una caca envuelta en papel de regalo.

Me acerqué a la ventana y miré hacia la calle. Vivo en un cuarto piso y desde la ventana se ve un pequeño parque. Allí estaban algunos de mis compañeros de clase, sentados, con sus móviles. Me sentí todavía peor, no pude contener las lágrimas. Estaba marginado, tan cerca de todos ellos y tan lejos a la vez.

Imagino que ya habéis entendido por qué todos piensan que soy raro.

Me llamo Juan, tengo diez años y todavía no tengo móvil. Ya veis que no es mi culpa, que tengo unos padres difíciles de convencer. Da igual, el caso es que, diga lo que diga, todos piensan que soy raro.

¡ME LLAMO JUAN, TENGO DIEZ AÑOS Y NO TENGO MÓVIL!

Capítulo 03

Mi *«no sé si es amigo o no»* Rob

GAMER

Persona que se pasa las veinticuatro horas del día jugando a videojuegos o videoconsolas.

GEEK

Persona a la que le gusta mucho la tecnología y la informática. Cada vez que sale algo nuevo se lo compra.

VAMPING

Fenómeno por el que una persona utiliza aparatos electrónicos durante la noche reduciendo las horas necesarias de sueño.

Tengo... esperad que piense... ehhhhh... uno, dos, dos... ehhhhh... tengo dos amigos. En realidad creo que solo uno, una amiga, mi única amiga, Lisa. Y claro, ella no cuenta por varias razones: primero, porque es una chica y ese ya es motivo suficiente; segundo, porque es guapa (sí, ya sé que eso no es un motivo, pero a mí me pone nervioso); y tercero, porque es muy rara.

También está Rob, en realidad se llama Roberto, pero dice que le llamemos Rob, que es su *nick* y suena mejor. Rob no tiene amigos ni enemigos, él pasa de todo y de todos, y por esa razón digo que tampoco cuenta.

Os voy a hablar sobre ellos pero me dejo a **MI LISA**... ¡Uy, perdón! ¿He dicho «mi Lisa»? Quería decir... dejo a Lisa para el final. No, no penséis que me gusta... ¿No os lo creéis? De verdad, es mi amiga y ya está, solo que me pone muy nervioso.

Mi «NO SÉ SI ES AMIGO O NO» ROB.

Rob vive solo con su madre. Hace un año que sus padres se divorciaron y pasa algunos fines de semana con su padre. Es el más avanzado en tecnología de todos nosotros y probablemente de todo el mundo, lo tiene todo, no sé cómo lo ha conseguido. Bueno, sí lo sé, según me contó un día, lo que no le compra su madre se lo compra su padre y, a veces, hasta discuten por comprárselo uno antes que el otro. No lo entiendo, a veces me gustaría que mis padres también se separaran para tener un móvil, aunque conociéndolos, ni así lo conseguiría.

A Rob todo el mundo lo llama «**EL VICIOS**», es adicto a los videojuegos y además tiene un tic en los dedos, nunca deja de moverlos, a todas horas, si vierais su libreta no sabríais si está escrita en español o en chino. Algunos empezaron a llamarlo «el Tembleques» pero como ya era famoso por su primer apodo, se quedó con «EL VICIOS».

Muchas tardes voy a su casa. Además, como nadie quiere ir con él en los trabajos del colegio siempre me toca a mí. Un día conseguí que me hablara un poco y me contó toda su historia. Os he dicho que iba muchas tardes a su casa, pero eso no quiere decir que habláramos o hiciéramos algo juntos, incluso creo que algunos días no sabía que estaba allí. Lo peor es que su madre tampoco.

Una tarde llamó mi madre a la suya para que volviera a casa y le respondió que no estaba allí, que estaba su hijo solo. La lio bien liada, todo el mundo buscándome. Y cuando volví a casa, imaginaos la que me cayó, ¡la del pulpo! Tardé dos días en demostrar que estuve allí. Al final su madre recordó que me había abierto la puerta y mis padres se disculparon conmigo. En fin, a lo que iba, una tarde Rob me contó su historia:

–Rob, ¿a qué estás jugando?

–Llevo varios juegos a la vez, estoy en el *Top 10* del *ranking* mundial en casi todos.

–¡Guau, qué fuerte! –exclamé, aunque no me importaba demasiado–. ¿Y ese movimiento de los dedos?

–Estoy jugando, ¿no lo ves?

–¡Aaahhh! Quiero decir, cuando no estás jugando sigues moviendo los dedos, ¿es una enfermedad?

–¡Ja, ja, ja! No, no es una enfermedad, es entrenamiento –me contestó mientras seguía jugando con la consola, ponía un vídeo con consejos de juegos en *YouTube*, actualizaba una aplicación en el móvil y encendía la tele porque daban su programa favorito de las tardes.

–¿Quieres decir que lo haces voluntariamente? ¡Qué fuerte!

–No quiero parar, si lo hago pierdo agilidad. Es entrenamiento. ¿Sabes todas las horas que estoy desconectado de los juegos? Toda la mañana en el colegio y a ratos, por la noche, cuando duermo. Si no lo hiciera, nunca podría recuperar las posiciones perdidas en el *ranking*.

–Pero ¿y tu madre? ¿Lo sabe? ¿No le importa?

–Más o menos. Estoy visitando al psicólogo. Antes iba al médico pero descartaron algo físico y ahora voy al psicólogo.

–¿Y qué te ha dicho?

–¡Ah, nada! Que tengo que acompañar a mi madre. Fuimos a la primera consulta y después de hacernos un montón de preguntas, el psicólogo nos dijo que antes de solucionar mi problema tenía que tratarla a ella, je, je...

–¿A ella? ¿Por...?

–Porque dice que es adicta al móvil y que me tiene muy consentido, y que me tiene consentido porque es adicta al móvil. Así que cuando la trate a ella seguirá conmigo.

–¡Qué fuerte! ¿Y lo ves normal? ¿Qué ocurrirá cuando se cure y vaya a por ti?

–No me preocupa, conociendo a mi madre falta mucho tiempo. El otro día hice una prueba y cuando se lo conté al psicólogo se echó las manos a la cabeza.

–¿Qué pasó? Cuenta, cuenta... –le dije mientras pensaba que luego soy yo el raro.

–Estaba en el aseo haciendo caca. Cuando voy al aseo me llevo el móvil porque lo puedo manejar con una mano y así tengo la otra libre para...

–Vale, vale, no me des más detalles... –ya no me interesaba tanto la historia.

–Para... limpiarme –continuó como si no me hubiera oído– y no quedaba papel, así que le envié un wasap a mi madre para que me lo trajera.

–¿Pero no estaba en casa?

–Claro que estaba y me lo acercó tranquilamente.

–¿Le pediste el papel higiénico por wasap?

–Lo mismo dijo el psicólogo. No veo el problema. Ahora se lo pido todo por wasap, es más rápido y sé que así no se le va a olvidar.

–Una duda: cuando vas, ya sabes, al aseo... ¿cómo te limpias?

–Como todo el mundo, con el papel.

–Ya, pero digo por, ya sabes, el tic.

–Un secreto: en el aseo es uno de los pocos momentos en los que dejo el entrenamiento. Mi madre se cansó de limpiar pipí, alguna vez había llegado hasta el espejo y me tocaba limpiarlo a mí, así que ahora controlo.

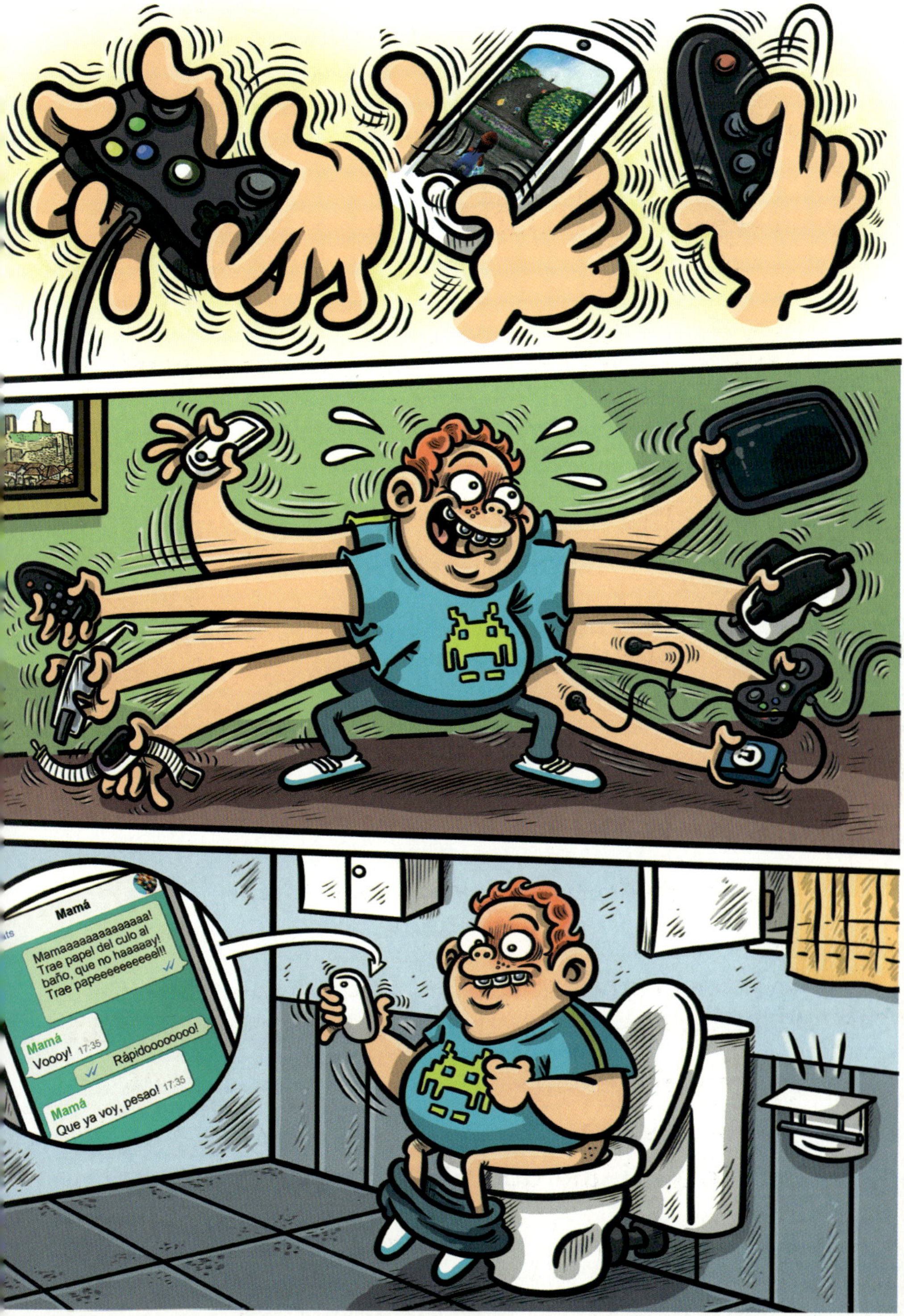
Mamá
Mamaaaaaaaaaaaaaaa! Trae papel del culo al baño, que no haaaaay! Trae papeeeeeeeeeel!!!
Mamá Voooy! 17:35
Rápidoooooooo!
Mamá Que ya voy, pesao! 17:35

¿Qué me decís? ¿Todavía pensáis que puedo considerar a Rob como mi amigo? Pero claro, tampoco puedo decir que no lo sea.

Ahora que ya conocéis un poco mejor a Rob, os voy a hablar de Lisa.

Capítulo 04

Mi amiga Lisa, que no cuenta como amiga porque es... ¿chica?

YOUTUBER

Persona que graba vídeos sobre temas de actualidad y los publica en *YouTube*.

BOOKTUBER

Persona que graba vídeos haciendo reseñas de los libros que ha leído.

HOAX

Cadena de mensajes. Bulo o noticia falsa que se propaga por las redes sociales en cadena. Es el típico mensaje que te cuenta alguna historia triste sobre alguien y te pide que lo compartas para ayudarle.

También dicen de Lisa que es rara, pero yo creo que en realidad tiene una enfermedad, pero no una enfermedad mala. Es una enfermedad hereditaria, de sus padres claro, aunque yo pienso que debe venir de varias generaciones atrás. Tiene un problema con la lectura: leer le gusta mucho, muchísimo, demasiado. A mí también me encanta leer, pero lo suyo es excesivo. Siempre lleva uno o dos libros en la mochila y casi siempre está sola, leyendo a todas horas. Yo le caigo bien porque no uso móvil y no estoy todo el rato hablando de videojuegos. ¡Ya me gustaría! Además, creo que no le gustan demasiado las redes sociales porque dice que la distraen de cosas más importantes.

Si os soy sincero, me cae muy bien. Es muy inteligente, la persona más inteligente que conozco, es una especie de *Google*, pero en persona. El profesor nos comentó un día que tiene memoria eidética o memoria fotográfica, vamos, que es capaz de recordar perfectamente todas las cosas que oye o lee. Sabe todo de todo.

Además, tiene unos ojos gigantes de color azul jaspeado. Unos ojos preciosos, los más bonitos que he visto nunca, aunque esto no tiene nada que ver con ser mi amiga o no... Vale... ¡Qué pesados sois! Lo reconozco, me gusta un poco Lisa... Está bien, **¡ME GUSTA UN MONTÓN LISA!** ¿Os he dicho que es guapísima? Es preciosa, maravillosa,... será mejor que pare.

Como os decía, Lisa, además de ser guapísima y superinteligente, ha sido mi gran ayuda en «**ESO**» que os he comentado que ocurrió un día. Si no hubiera sido por ella nunca habría resuelto el misterio y el mundo, ahora mismo, no sería igual. Hasta es posible que todos hubiéramos desaparecido y no es broma. Ahora que lo pienso, vosotros sabéis lo que pasó, todo el mundo lo sabe, pero lo que no sabéis es que Lisa y yo resolvimos el problema, o por lo menos tuvimos algo que ver con la solución (Rob también colaboró un poco).

Pero antes de llegar a ese día os voy a demostrar lo inteligente que es Lisa. A veces estamos sentados en un banco del parque, ella lee (como siempre) y yo la miro de reojo sin saber qué decir. Ahora que lo pienso, siempre estoy sentado al lado de alguien que hace cosas y yo no hago nada. ¿Qué mal, no? Pero bueno, con ella aprendo cosas muy interesantes. Un día me preguntó:

–¿Sabes por qué las tapaderas de las alcantarillas son redondas?

Si hubiera tenido móvil lo habría buscado en *Google* y hubiera quedado muy bien, pero ni lo sabía ni tenía *Google*, y me tocó decir la «verdad»:

–Sí, espera, lo sabía... pero ahora mismo no me acuerdo, ¿era por...? Ufff, no me sale...

«Creo que no ha colado», pensé.

–Juan, no disimules, es algo que o lo sabes o no lo sabes, no se puede olvidar como un nombre o una fecha...

–Vale... No tengo ni idea –qué estúpido me sentí–, ¿por qué es?

–Para que no se cuelen. El círculo es la única figura geométrica que, cuando se gira o voltea, sigue teniendo la misma longitud respecto a su centro. Además, es más fácil de mover porque se puede desplazar como una rueda y de colocar porque encaja de todas las formas.

–¡Ahhh, qué interesante!

No sé para qué necesito saber esto, pero cuando ella me explica cosas me quedo embobado mirándola y me encanta escucharla.

Como no quería parecer tonto, decidí hacerle una pregunta, aunque ahora que lo pienso creo que conseguí el efecto contrario:

BURR

–¿Qué es más grande, la Luna o el Sol?

–Por supuesto el Sol, mide 1 392 000 km de diámetro, lo que supone 400 veces más que la Luna.

–Pues no, listilla –le contesté en tono burlón–, es la Luna porque la dejan salir por la noche.

–Ja, ja, ja, me parto Juan, eres imbécil.

Me partía de risa mientras la señalaba con el dedo... Imagino que esta no es una buena forma de gustarle pero yo soy así de inteligente.

Otro día quise saber por qué no le gusta la tecnología:

–Lisa, ¿por qué no te gusta Internet?

–Sí me gusta. Se puede decir que soy una *BookTuber*.

–¿Qué es eso?

–Grabo vídeos comentando todos los libros que leo. Así animo a otros a leer.

BookTube

–Pero siempre te quejas de las redes sociales.

–Me quejo de Internet mal usado, cuando todo el mundo «sabe» de todo pero realmente no tienen idea de nada y se creen todo lo que ven. Y con las redes sociales pasa peor todavía, la gente expone su lado bueno y está mostrando la vida que le gustaría tener para esconder la que realmente tiene.

–Hablas igual que mi padre. Yo creo que Internet sirve para mucho, se puede buscar información y bastante más rápido que en los libros.

–Vaaaaale, tiene ventajas, pero ¿cómo sabes lo que es verdad y lo que es mentira? Te voy a poner un ejemplo de cómo se puede manipular la información y crear una mentira.

«Ufffff qué bien habla, me quedaría todo el día escuchándola aunque no me entere de la mitad de lo que dice. Ahora mismo solo pienso en darle un beso, pero claro, mis dientes ya no son los de leche y temo perderlos para siempre... ¡AAAYYY! ¿He suspirado? ¿Lo habrá notado?».

–¡Juan! ¿Me escuchas?

–¿Eh? ¡Ah! Sí, sí...

–Te voy a poner un ejemplo.
El misterioso número 241 543 903.

–¿Qué? ¿2 4 qué?

–El 2-4-1-5-4-3-9-0-3. El 241 543 903.

–¿Qué pasa con ese número?

–Pues resulta que, según dicen, en Internet hay un misterio oculto tras ese número.

–Dime, dime, ¿qué misterio?

–Te voy a dejar que lo descubras. Escribe ese número en *Google* y haz clic en imágenes. Mañana cuando nos veamos me dices qué ha pasado.

–Espera, me lo apunto en un papel que yo no tengo tu memoria, je, je.

Me fui a casa corriendo y le pedí a mi madre que me dejara el ordenador para buscar información sobre un trabajo del colegio. Puse el número en *Google* e hice clic en imágenes, «¡QUÉ FUERTE! ¿Esto por qué pasa?».

AL DÍA SIGUIENTE...

–Lisa, Lisa, ya he probado. He visto lo del número misterioso.

–Hola Juan. ¿Qué has visto?

–Tenías razón, es un número extraño. Lo he puesto en *Google* y al pulsar en imágenes todo eran fotos de gente con la cabeza metida en el congelador. ¡Qué raro! ¿Cómo puede ser?

–¿Ves qué fácil es manipular a las personas? Un día a alguien se le ocurrió la tontería más grande del mundo: publicó en las redes sociales un mensaje para que la gente se hiciera una foto con la cabeza metida en el congelador y la etiquetaran con ese número que él se acababa de inventar. Y así, sin quererlo, creó un misterio asociado a ese número. ¿No te parece absurdo?

–Un poco sí, pero si yo hubiera tenido móvil habría metido la cabeza en el congelador y lo habría publicado en Internet.

–Pues si ocurre esto con una tontería así, imagina cómo nos pueden manipular con cosas más importantes.

Creo que con todo esto estaba mejorando mi relación con Lisa. Desde entonces ya no cree que soy un chico raro, piensa que soy imbécil. Ahora que lo pienso, no sé qué es peor.

Ya conocéis un poco mejor a mis amigos. Ahora le toca el turno a mis **NO** amigos.

Capítulo 05

Mis NO amigos

TROL

Ser sobrenatural. Monstruo maligno que habita en bosques o grutas. En Internet los que trolean son:

EL SABELOTODO

Le encanta compartir su «conocimiento». Eso sí, sabe de todo.

EL CORRECTOR ORTOGRÁFICO

Le da igual de lo que hables siempre que lo escribas bien. ¡Hojo si ce te ba un herror de dedo!

EL GRUÑÓN

El que odia a todos y a todo. Y todo lo que digas estará mal.

EL INTENSO

Seguirá tus movimientos y buscará los errores de lo que dices.

EL SPOILER

Te lo estropea todo: el final de una película, una serie, un videojuego o un libro.

NINJA TURTLES
PS4
TIPEX
facebook

Si solo tengo dos amigos el resto de personas del universo, claro está, no son mis amigos, pero cuando digo «mis **NO** amigos» me refiero a aquellos que antes sí lo eran y ahora no lo son, ¡QUÉ LÍO!

Será mejor que os lo intente aclarar. A ver, para mí la historia de la humanidad se divide en dos épocas: «**AM**» (antes de que existieran los móviles en el mundo) y «**DM**» (la vida después de los móviles). Antes de que existieran los móviles y todos mis compañeros tuvieran uno, yo era un chico tan normal como el resto, jugábamos todos juntos y no tenía problemas de ningún tipo. Ahora que lo pienso, ni siquiera pensaba en Lisa como chica, quiero decir, era un amigo más. Después, todo se complicó.

Voy a empezar por Vero. Todos la llaman «la MariSelfies», pero no delante de ella, claro. Es mi vecina y antes siempre íbamos juntos al colegio. Pero ahora no le interesa ser amiga de nadie que no la siga en *Instagram* y haga clic en «**ME GUSTA**» en todas sus publicaciones. A veces he visto sus fotos, cuando me dejan un rato el móvil los fines de semana, y la verdad es que no las entiendo demasiado. Tiene una foto de cada una de las uñas de los dedos de sus manos y de sus pies en diversos colores. Fotos apoyada en una silla, fotos apoyada en la pared, fotos apoyada en puertas, ventanas, árboles y hasta fotos apoyada en la taza del váter. En la mayoría sale poniendo morritos. En otras está de perfil, con la cabeza ladeada como si le pesara el pelo y, por supuesto,

mirando a la cámara y poniendo morritos, no morritos tipo «beso de modelo de pasarela», no, no, morritos tipo «cara de pato»: labios uno junto al otro listos para dar un beso y como si los aplastaran con el marco de una ventana al mismo tiempo.

A ver, a ver, ¡a mí que me lo expliquen porque no lo entiendo!

¡¡¡NO LO ENTIENDO!!!

Luego están Miguel, Carlos, Dani y Fer. De ellos me cuesta un poco más hablar porque me pongo triste. Eran mis mejores amigos de pequeños, estábamos siempre juntos en el patio del colegio y jugábamos mucho. Éramos inseparables y la verdad es que los echo de menos. Tienen un grupo de wasap y como yo no tengo móvil ya no cuentan conmigo para nada. Al principio pasaban por casa y me iba con ellos, pero se han cansado y quedan sin avisarme.

En el colegio hablan de juegos y de aplicaciones que no conozco y cuando intento acercarme a ellos, me ignoran. La verdad es que lloro muchas veces en el patio y cuando me preguntan digo que me he caído o me invento cualquier cosa.

Ahora me doy cuenta de lo malo que he sido algunas veces con otros chicos, por eso aprovecho para pedir perdón a todos los que he insultado alguna vez, a los más gordos, a los más flacos, a los más bajitos, a los demasiado altos, a los que llevan gafas, a los que deberían llevarlas... Ahora me ha tocado a mí. Me siento ignorado y marginado. Y las veces que no me ignoran, preferiría que lo hicieran, porque es para meterse conmigo.

El día después de mi cumple fue el de Dani. Como llevaba semanas diciendo que me iban a regalar un móvil y que por fin podría estar en su grupo, me invitaron a la fiesta. Bueno, la verdad es que la invitación fue algo entre nuestras madres y Dani no tuvo nada que ver.

Ya os dije que mi cumple fue un desastre, ¿no? Pues el día siguiente fue peor. Llegué a su casa y su madre había preparado una mesa con bocadillos, *pizzas* y mucho aperitivo. Estábamos casi todos los chicos de la clase. Realmente, todos menos Rob. Pensé que yo estaba en el mismo grupo de ignorados que Rob, pero con la diferencia de que seguro que él prefería estar en su casa, viciado a sus juegos. Nos sentamos a merendar y cuando levanté la vista, mientras me llevaba una porción de *pizza* a la boca, descubrí que estaba solo en la mesa. Los demás se habían levantado y estaban por los rincones de la casa jugando con los móviles o con las consolas. Y yo estaba allí, mirando lo bien que se lo pasaban jugando.

Me levanté y le pregunté a Carlos:

–¿Luego me dejas una partida?

–¿Te he dejado alguna vez desde que me conoces?

–No, pero...

–¡Pues ya está! –dijo zanjando el tema y haciendo un gesto con la barbilla para que me largara de su lado.

Cambié de zona de la casa y me acerqué a Dani:

–Dani, ¿puedo jugar con vosotros?

–Me da igual.

Me hizo ilusión que no me dijera que no, pero al cabo de un rato me di cuenta de que era como un perrito con la lengua fuera, al lado de una mesa, esperando que alguien le eche algo de comer, aunque sean las sobras... Y en el caso de los juegos, nunca hay sobras, todo acaba con las madres llamando para volver a casa.

Así que me senté a la mesa, me comí otro trozo de *pizza* y me volví para casa. Por el camino iba llorando (me da vergüenza reconocerlo pero es la verdad). No sé qué había cambiado para que ya no quisieran estar conmigo. Yo era el mismo, solo que sin móvil. No tenía móvil, ¿y qué?

¡NO TENÍA MÓVIL!

Del resto de NO amigos mejor ni hablo. Estaba empezando a enfadarme con todo el mundo. Los primeros, mis padres... ¡Ellos tenían la culpa de todo! ¿Tanto les costaba comprarme un móvil? Soy bueno, siempre me porto bien, hago todos los deberes. No lo entendía, ¿por qué no confiaban en mí? Estaba muy enfadado con ellos. Luego pensé que, aunque no tuviera móvil, los demás tampoco tenían por qué ignorarme y también me enfadé con ellos. Estaba enfadado con el mundo entero, menos con Lisa, claro, pero ella no cuenta.

¡¡¡ESTABA MUY ENFADADO CON EL MUNDO!!!

Capítulo 06

Un deseo no deseado

HASHTAG

Una frase o palabra para crear términos de búsqueda en las redes sociales. Lo hacemos sin pensar **#EsAlgoNatural #MeSaleSolo**

TRENDING TOPIC

Cuando un *hashtag* se convierte en popular. **#JuanSinMovil**

FAVEAR

Marcar como favorito. Vamos, lo mismo que «**Me gusta**».

OMG
(OH MY GOD!)

Cuando algo es sorprendente y me impresiona.

Llevaba varias semanas ignorado por todo el mundo. Desde el cumpleaños de Dani no volví a acercarme a nadie. De vez en cuando Lisa venía a hablar conmigo un rato en el patio, pero el resto del tiempo lo pasaba solo. Volvía del colegio y ya no salía de casa por las tardes, ni quedaba con nadie, ni siquiera me apetecía ir a la casa de Rob. Mi madre sabía que algo me pasaba y yo le repetía siempre lo mismo:

–Mamá, no tengo móvil, ¿no lo entiendes? Nadie me hace caso y como nadie me hace caso y estoy solo, algunos vienen a reírse de mí.

–Tranquilo Juan, iré a hablar con los profesores y todo se arreglará.

–No, mamá, no quiero que vayas. No pasa nada, por favor, no vayas.

–Vale, pero no puede ser que estés mal por eso. Eres un niño especial. Tienes que ser fuerte. El móvil es solo un objeto, nadie puede quererte más o menos porque lo tengas o no. ¡Es una tontería!

–¡PUES SERÁ UNA TONTERÍA PARA TI! ¡Yo no quiero ser el raro de la clase por no tener móvil!

–¡Juan, a mí no me grites! Quiero ayudarte, pero tienes que comprender que tu relación con los demás no puede cambiar porque tengas o no móvil. Los amigos de verdad te deben querer por cómo eres y no por lo que tienes.

–Ya lo sé, mamá –y me puse a llorar mientras la abrazaba–, pero ya no tengo amigos.

–Juan, Juan, ¿qué mundo estamos creando?

Nos quedamos un rato abrazados pero yo me seguía sintiendo como un marginado.

Y así llegamos al peor día de mi vida. Mi madre me despertó como siempre, pero ese no iba a ser un día como los demás. Miré por la ventana, como solía hacer. Lo recuerdo perfectamente: era un día feo, oscuro, con unos nubarrones negros que presagiaban tormenta. Imagino que a vosotros también os pasa, si estáis tristes y además hace mal tiempo, os sentís peor, ¿no? Así me sentía yo y no me apetecía nada ir al colegio. Fingí encontrarme mal y me volví a meter en la cama pero... ¡no coló! Al final me tuve que levantar y enfrentarme a otro lamentable día. Lo que todavía no sabía es que iba a ser tan malo.

Nada más salir al portal de mi casa estaba Vero, la MariSelfies, con su móvil. Últimamente nunca me dirigía la palabra, pero ese día lo hizo:

–Juan, ¿has visto mi última foto en *Instagram*? –dijo en tono burlón colocando los dedos formando el símbolo de *hashtag*–. ¡Ah, no!, que no tienes móvil... **#juanesprimitivo #juansinmovil #mevoyalcole #pringao #nomesigas**

En fin, no le hice demasiado caso y me dirigí hacia el colegio. Ese día nos dieron una charla sobre las redes sociales. El profesor que impartía la sesión nos hizo varias preguntas:

–A ver, chicos, ¿quién de vosotros tiene móvil?

«¡Yo, yo, yo, y yo, y yo también!», todos levantaron la mano gritando menos yo, que miré hacia abajo y no dije nada.

–Juan –dijo Carlos para reírse de mí–, enséñale el tuyo que es el último modelo, ja, ja, ja.

–Vale chicos –continuó el profesor cortando la situación–, ¿y quién de vosotros usa alguna red social?

–¿*WhatsApp* cuenta como red social, profe? –preguntó un compañero.

–*WhatsApp* es un programa de mensajería instantánea, pero puedes hacer casi las mismas cosas que en cualquier red social, así que podemos decir que sí.

–Entonces yo *WhatsApp*.

–Yo uso *Instagram* y *Twitter* –dijo Vero.

–Y yo.

–Y yo también.

–Pues yo tengo *Twitter*.

–Ah y yo también.

–Y yo *Facebook*, bueno es el de mi madre, pero lo uso yo.

Yo seguía como si la cosa no fuera conmigo. Algunos chicos seguían señalándome con el dedo y riéndose de mí. El profesor continuó con su charla explicando las ventajas de las redes sociales y muchos de los inconvenientes. Nos explicó que todos estábamos cometiendo un delito ya que la edad mínima para registrarse en una red social es de 14 años y si hablamos de *WhatsApp*, 16 años.

Nos quedamos sorprendidos porque no lo sabíamos, pero a mí me daba igual, todos tenían móvil con *WhatsApp* y redes sociales y no pasaba nada. Todos, ... ¡menos yo!

–No me corresponde a mí decir que uséis o no las redes sociales –terminó diciendo el profesor–, solo os recomiendo que hagáis un uso responsable.

Salí al patio directo a mi rincón de siempre, junto a una de las ventanas del comedor. Mientras me acercaba, notaba que algo no iba bien. Un grupo de chicos estaba allí, esperándome. Pensé en darme la vuelta, pero ya me habían visto.

–¡Eh, Juan! Ven con nosotros –dijo uno de ellos con tono autoritario–, queremos hablar contigo.

–¿Qué queréis? ¡Dejadme en paz!

–Es una entrevista para la televisión, ¿qué se siente siendo el único del mundo que no tiene móvil? –dijo mientras se reía y miraba al resto para que también lo hicieran.

Comenzaron a decir cosas sobre mí, a insultarme. Entré en modo «paso de todo» y ya no escuchaba lo que me decían. Solo quería que se fueran de una vez y me dejaran en paz. En ese momento apareció Lisa e intentó defenderme. Les dijo que me dejaran tranquilo y que se fueran a otra parte. Ahora se reían también de Lisa y me estaba enfadando, tenía ganas de pegarles, pero no hice nada. Me empujaron y me golpeé en la cabeza contra el cristal de la ventana, mientras seguían insultando a Lisa. Me hice daño, pero me dolieron más los insultos a Lisa que el golpe en la cabeza. Por suerte, un profesor pasó por allí y se los llevó castigados.

EL RESTO DEL DÍA NO FUE MEJOR.

Sabía que esto no había hecho más que empezar. Seguro que los chicos se vengarían de mí al día siguiente por el castigo.

Estaba deseando que tocara el timbre para irme a casa. Salí corriendo y desde la puerta del colegio deseé que no existieran ni los móviles ni Internet. Lo deseé con todas mis fuerzas.

¡¡¡DESEO QUE INTERNET DESAPAREZCA!!!
¡¡¡DESEO QUE NADIE TENGA MÓVIL!!!
¡¡¡DESEO QUE NADA DE ESO EXISTA NUNCA MÁS!!!

En ese momento un relámpago brilló sobre el cielo y empezó a llover a cántaros.

¡LO QUE ME FALTABA!

No tenía ganas de llegar a casa, estaba demasiado enfadado. Me senté en un portal bajo un balcón para ver si paraba de llover. No podía contener la rabia. Quería realmente que no existieran los teléfonos móviles, ni Internet. Lo deseaba con todas mis fuerzas. No entendía cómo mis compañeros podían ser tan crueles, no les había hecho nada.

Seguí caminando y llegué a casa empapado y enfadado. Por la noche, ya en mi cama, volví a desear que no existieran los móviles. Pensé en cómo sería vivir sin tanta tecnología, en si sería mejor o sería un desastre, en si merecía la pena vivir mirando a una pantalla o a un paisaje..., y pensando en un paisaje me quedé dormido como un bebé.

LO QUE NO SABÍA TODAVÍA ES QUE PRONTO ME IBA A ARREPENTIR DE DESEAR COSAS QUE EN REALIDAD NO DESEO.

Capítulo 07

El extraño y fatídico peor día de toda la humanidad

NOMOFOBIA

Miedo irracional a salir de casa sin el teléfono móvil.

FOLLOWER

Persona que desea «**seguir**» lo que otros publican en las redes sociales. Lo malo de los *followers* es que, igual que vienen, se van.

LIKESHUNTER

Se trata del usuario que se desvive para conseguir que el resto de amigos y seguidores hagan clic en «**me gusta**», *retweets* y menciones de cada una de sus publicaciones en las redes sociales.

542 FOLLOWERS
RUNNER

AMANECE EL PEOR DÍA DE TODA LA HUMANIDAD.

Igual me he pasado un poco, pero ese día lo recordaré siempre. Mi madre me despertó para ir al colegio pero sentí algo extraño. Miré por la ventana pero esta vez no me fijé en el tiempo, observé que había mucha gente en la calle. Hablaban entre ellos y parecían muy nerviosos. Varios coches de policía pasaron controlando la situación. Fui al salón y vi que mi padre estaba intentando llamar desde su móvil pero no funcionaba y tampoco lo hacía el de mi madre, ni el ordenador, ni la tele. Estaban un poco nerviosos porque parecía que había un fallo y no funcionaba ningún aparato electrónico y lo peor era que parecía que nadie sabía nada.

Mis padres dudaron si dejarme ir al colegio o no. No sabían lo que estaba ocurriendo y estaban preocupados. ¡No me lo podía creer! Recordé, entonces, mi deseo del día anterior. Empecé a pensar que se había cumplido. Pero ¿cómo era posible?

«Imposible, no, no, no, llevo tres años deseando un móvil y nunca se ha cumplido. ¿Cómo se va a cumplir este? ¡Es una casualidad! ¿O no?», no entendía nada.

De camino al colegio observé lo nerviosa que estaba la gente por las calles. Todos con el móvil en la mano e intentando descubrir qué estaba pasando. Nadie sabía nada.

En el colegio más de lo mismo. Los ordenadores no funcionaban, parecía que tenían un virus. Los móviles de los profesores tampoco y todo el mundo repetía lo mismo: «¡No funciona nada!».

Fue difícil dar clase, los profesores no podían conectar los ordenadores ni imprimir. Incluso nuestro tutor, con los nervios, intentaba llamar con el borrador y borrar la pizarra con el móvil. Nos explicaron que debía tratarse de un problema grave, que nunca antes había pasado algo así.

Al salir del colegio descubrí que en el pueblo reinaba el caos. Había gente intentando sacar dinero de los bancos, pero no funcionaban los cajeros y tampoco los ordenadores, así que las oficinas cerraron. Lo mismo pasó con el supermercado, no podían vender porque no funcionaban las cajas y no podían controlar los productos, solo en las tiendas pequeñas se podía comprar. Se rumoreaba entre la gente que en los hospitales también los problemas eran graves, que había personas en peligro porque muchas máquinas habían dejado de funcionar. «¿Qué está pasando?», me repetía continuamente. Lo peor es que nadie sabía nada. La televisión tampoco iba y no llegaba ningún tipo de información, salvo el boca a boca.

Más tarde se empezó a rumorear que algunas emisoras de radio habían conseguido retransmitir noticias y empezaban a llegar las primeras tiradas de algunos periódicos. Lo único que se sabía es que alguna especie de virus había infectado todos los ordenadores y dispositivos móviles. Todavía no se sabía el alcance, pero se sospechaba que era a nivel mundial.

La policía intentaba calmar a la muchedumbre explicando que seguro que había expertos trabajando para solucionar el problema y que en breve se restablecerían todas las comunicaciones.

Me encontré con Lisa y quise preguntarle. Ella lo sabe todo, así que igual había leído algo en sus libros.

–¡Lisa, qué fuerte!

–Sí, es bastante grave. Mis padres están preocupados y no paran de repetir que sabían que esto ocurriría algún día.

–¿Pero sabes qué puede pasar? ¿Alguien puede desconectarlo todo?

–Según he leído, algunos países pueden controlar y desconectar los servidores centrales pero, para que dejaran de funcionar completamente, se tendría que poner de acuerdo todo el mundo, lo cual es imposible. Así que debe ser algún virus muy potente, pero me extraña que no lo hayan detectado. Todo esto es demasiado raro.

Me armé de valor y le dije lo que pensaba:

–Lisa, ¡he sido yo!

–¿Cómo que has sido tú? ¿Qué estás diciendo?

–Que he sido yo el que lo ha provocado.

–¿Qué dices? ¿Te ha afectado el golpe en la cabeza? Perdona Juan, me he pasado, lo siento.

–No, en serio. He sido yo.

–¿Por qué piensas eso?

–Ayer, después de un día tan horrible, deseé con todas mis fuerzas que desapareciera todo: los móviles, Internet... Lo deseé con tantas ganas que se ha cumplido.

–¡Juan! ¡Eres **MUUUUUYYYYY** tonto, pero que muy, muy tonto!

–Gracias Lisa, ya me siento mejor.

–Vamos a ver, ¿no entiendes que eso es imposible? No puedes pedir un deseo así y que se cumpla. Es una casualidad.

–Sí, una casualidad. Pues justo en el momento en el que pedí el deseo sonó un rayo.

–Juan, lo que se oye es el trueno, no el rayo.

–¡Vale, listilla! Pues en ese momento sonó un trueno que casi me cago en los pantalones. ¿Eso también es casualidad?

–¡Pues claro! Tranquilo que todo esto se arreglará. Tú no tienes la culpa. ¡No seas tonto!

–Pero... me siento mal por haberlo deseado, me gustaría que todo volviera a ser como antes, aunque siga siendo el único en el mundo que no tenga móvil.

La hubiera abrazado, pero no me atreví. Me despedí y regresé a casa.

Esa noche fue complicada. Mis padres estaban pendientes de la radio. No había novedades. Mis padres comentaron que, de pronto, parecía que el mundo se había reducido: de conocer en segundos lo que ocurría en cualquier parte del planeta a cualquier persona a no saber nada de nadie.

Me acosté tarde porque, como creo que a mucha gente, me costaba conciliar el sueño. Mirando al techo de mi habitación imaginaba lo que pasaría si esto fuera para siempre.

Volvería a quedar con mis amigos como antes. En casa pasaría más tiempo con mis padres, sin televisión, sin Internet y sin móviles. Luego pensé en todo lo que aprendemos con los ordenadores y lo fácil que es comunicarse y estar informado de lo que pasa en el mundo. No paraba de darle vueltas a la cabeza, ¿y si yo tenía la culpa de todo lo que estaba pasando?

QUERÍA DORMIRME Y QUE AL DESPERTAR TODO HUBIERA SIDO UN SUEÑO PERO... NO FUE ASÍ.

Capítulo 08

Los TECNOZOMBIS salen a la calle

ZOMBI

Persona que se supone muerta y que ha sido reanimada por arte de brujería, con el fin de dominar su voluntad. Atontado, que se comporta como un autómata.

TECNOZOMBI

Persona que camina centrada en su móvil sin prestar atención a su entorno.

PHUBBING

El acto de aquellas personas que están todo el tiempo pendientes de su teléfono móvil en lugar de prestar atención a las personas con las que están en ese momento.

Fun News

Amanece el tercer día sin Internet ni conexiones móviles. El caos va en aumento y la gente está realmente preocupada.

Foto: Fun News

Escena habitual estos días.

Un canal de TV ha conseguido emitir en analógico y es posible ver las noticias aunque la información es todavía muy confusa.

Según los datos de los medios de comunicación, un virus ha secuestrado la información de los ordenadores y ha conseguido bloquear las conexiones de los servidores a Internet, por lo que todas las comunicaciones a través de la Red están saturadas.

Informan de que expertos informáticos y grupos de *hackers* están trabajando para solucionar el problema.

Habían pasado ya tres días sin tecnología. Nunca había visto tanta gente por las calles. Algunos vecinos comentaban horrorizados que no sabían nada de sus familiares y seres queridos.

La mayoría de personas no podían ir a trabajar. Muchas empresas estaban cerradas porque dependían de los sistemas informáticos. Los bancos seguían cerrados, los cajeros sin funcionar y la gente se estaba empezando a alterar.

Mis padres me acompañaron al colegio. Antes no lo hacían, pero ahora estaban realmente preocupados por la situación.

Me encontré con Vero. Estaba muy rara. Se quedó mirándome fijamente, puso morritos y su pose de foto *Instagram*.

–Hola Juan –dijo.

–Ehhh... Hola Vero, ¿qué quieres?

Volvió a poner morritos. No parecía ella. Su mirada estaba ausente, como… ¿sin vida?

–¿No me dices nada?

–¿Qué?

–¿Estoy bien? ¿Estoy guapa? –dijo volviendo a poner morritos.

–Ehhh… Sí, sí, cla… claro, ¿por?

–Ya no tengo a nadie. No tengo *followers*. Mis *followers* han desaparecido.

Miraba continuamente la pantalla negra del móvil. No me dijo nada más. Siguió caminando hacia su clase. Nunca la había visto así. Era curioso, hace dos días Vero pasaba de todo el mundo y ahora todo el mundo pasaba de ella.

Por suerte, con el caos de los últimos días, nadie se acordaba de mí y el día en el colegio transcurrió con normalidad.

Ya en casa, miraba por la ventana a la gente. A «los abuelos» parecía no afectarles casi nada lo que estaba sucediendo. Estaban, como de costumbre, echando su partida y hablando entre ellos. Claro, ellos han vivido más tiempo sin tecnología que con ella. Los niños pequeños tampoco se veían muy afectados. Allí estaban, jugando en los columpios o en los toboganes y tirados por el suelo.

Con el resto de la gente no pasaba lo mismo. Caminaban de un lado a otro como sin saber qué hacer. Sacaban continuamente el móvil del bolsillo para comprobar si funcionaba. Luego me enteré de que no era por eso, lo sacaban porque creían que les había vibrado, comprobaban que era una falsa alarma y lo volvían a guardar.

0000 BBB

Parecían **ZOMBIS**, con distinto grado de «zombiedad», claro, dependiendo del tiempo que llevaran «muertos». Los más graves todavía no habían salido de casa, como era el caso de Rob. No había ido al colegio en estos tres días. No sabía nada de él.

A Carlos y a Dani me los crucé varias veces, en el colegio y por la calle, pero era como si no me vieran, estaban desubicados, sin saber qué hacer, con la mirada perdida, como si les hubieran robado... ¿el cerebro? Buscaban desesperadamente algún ***Poké-mongol***, pero todos habían desaparecido, ya no había *Rata-pas*, ni *Rati-tape*, ni *Rati-chu* y mucho menos el deseado *Pic-achús*.

Empezaba a entender un poco lo que la tecnología estaba haciendo con algunas personas. Escuché en la radio que mucha gente estaba siendo atendida por crisis de ansiedad. Decían que los síntomas eran temblores, sudores y, en algunos casos, problemas digestivos y náuseas.

Según explicaban, los efectos eran peores en función de su dependencia a la tecnología.

Todavía me sentía culpable por pedir el deseo. Quería hacer algo, quería ayudar, pero no sabía cómo, aunque pronto lo averiguaría.

Lisa decía que era una casualidad, pero lo que estaba a punto de ocurrir… ¿también iba a ser una casualidad? **IMPOSIBLE**.

Capítulo 09

Y ahora...
¿qué hacemos?

SÍNDROME DE LA VIBRACIÓN FANTASMA

La sensación que tienen muchas personas que creen que su móvil ha vibrado y se apresuran para ver quién les ha enviado un mensaje.

POSTUREO

Es una forma de comportamiento en las redes sociales llamadas «**de pose**». Una actitud con la que la gente juega a ser lo que no es o al menos a hacer cosas que esperan un reconocimiento.

Fun News

Después de siete días sigue sin conocerse el problema de la «**avería**» y las comunicaciones continúan bloqueadas.

Radio y televisión emiten en analógico e informan de que, a pesar de los sucesos puntuales, las personas se están adaptando e intentando volver a la normalidad. Los bancos distribuyen dinero de forma gradual.

La gente sale a las calles, familias enteras parecen empezar a disfrutar de su tiempo juntos.

Se ven escenas que estaban desapareciendo, como padres e hijos haciendo volar una cometa.

Aunque de forma tímida, la gente se vuelve a mirar a los ojos y a hablar cara a cara.

Parece que no está todo perdido.

Ya había pasado una semana. Todavía no sabía nada de Rob, así que decidí ir a visitarlo. No había venido al colegio desde que ocurrió el suceso. «Igual está enfermo», pensé. Le dije a mis padres que quería ir a verlo. Aunque no les hizo mucha gracia la idea, al final me dejaron ir.

Me abrió la puerta la madre de Rob. No tenía muy buen aspecto. Iba despeinada y tenía ojeras, parecía que estaba enferma y que llevaba un año sin dormir. Me fijé en que llevaba el teléfono móvil en la mano y un auricular en la oreja. Pensé que, si no lo había soltado en una semana, estaba bastante más enganchada que Rob.

–Hola –dije–, ¿está Rob? ¿Está enfermo? Como no ha ido al colegio esto días...

–Pasa.

No dijo nada más. Me acompañó al salón. Vi una *tablet* totalmente destrozada por el

suelo. Olía mal y me entraron arcadas pero ya estaba allí. Me acerqué a Rob. Estaba acostado en el sofá, abrazado a su consola y no paraba de repetir continuamente las mismas palabras:

«NO, NO, NO, PIPA 2000, KAL IDIOTI, MAINCRAF. NO, NO, NO, PIPA 2000, KAL IDIOTI, MAINCRAF. NO, NO, NO, PIPA 2000, KAL IDIOTI, MAINCRAF».

–Hola Rob, ¿cómo estás?

–Hoy ya habla algo –me comentó su madre–, lleva varios días sin decir nada.

–Rob, ¿quieres que vayamos a dar una vuelta?

–Dejadme, ¡quiero jugar! ¡Quiero jugar! *Pipa, Kal Idioti*, *Maincraf*.

–Tranquilo, esto se arreglará. Seguro que alguien lo solucionará pronto.

Me quedé allí un rato más, sentado a su lado, aunque estaba deseando irme. Olía fatal y no podía soportarlo por más tiempo.

Además, Rob no me hacía caso y yo no sabía qué más podía hacer ni decir. Su madre daba vueltas de un lado a otro por el salón mirando continuamente la pantalla negra del móvil. Estaba muy incómodo y decidí irme. Cuando ya estaba casi en la puerta, Rob dio un respingo y se incorporó de golpe soltando la consola.

–¡**YA LO TENGO**! ¡**LO TENGO**! ¡**LO TENGO**! –dijo haciéndome señas para que le acompañara a su habitación.

–¿Qué pasa, Rob? ¿Qué tienes?

Empezó, como un loco, a rebuscar entre los cajones y las estanterías. Nunca lo había visto tan activo (salvo jugando, claro).

–¡Aquí está! –dijo enseñándome un libro–, *Informática para torpes*, de A. Serra.

Pensé que se había vuelto loco de verdad si pensaba resolver el misterio con un viejo libro de informática.

–Rob, ¿qué vas a hacer con ese libro?

–Ah, nada, no recordaba su nombre. El señor Serra le regaló este libro escrito por él a mi padre cuando vino a vivir al pueblo. ¡Es un genio informático! ¡Seguro que sabe lo que está pasando!

Rob no parecía la misma persona que cinco minutos antes deliraba en el sofá aunque… seguía oliendo bastante mal.

–¡Seguro que sabe qué está pasando! –decía mientras los dedos se le movían a mil kilómetros por hora–. ¡Tengo que ir a verle! ¡Necesito saber qué está pasando! ¡Si no, me muero! ¡Si no, me muero!

–Vale, vale, Rob, te acompaño si quieres.

La verdad es que estaba seguro de que sabía lo mismo que todo el mundo, de lo contrario ya hubiera hecho algo, pero a Rob le vendría bien salir un poco. Y a mí también, ¡me estaba asfixiando!

Ya en la calle, pensé en Lisa. Seguro que le gustaría acompañarnos. Además, ella es tan lista y tan guapa.

–Rob, vamos a casa de Lisa, igual ella quiere venir.

–No, vamos rápido. Necesito saber algo ya. ¡VAMOS!

–Espera, es un minuto, ¡porfaaa! No tardamos nada.

–Vale, pues ve tú y se lo dices, yo no puedo esperar más. Me adelanto y ahora vais vosotros.

–Es un minuto, vamos los dos, ¡porfa, porfa!

–No, yo me voy ya –dijo mientras sus dedos alcanzaban velocidades nunca vistas.

Me explicó dónde vivía el señor Serra. Era bastante fácil ya que se trataba de una casa a las afueras del pueblo. No tenía pérdida.

Rob se fue caminando. No, Rob se fue corriendo, aunque con su hábito de hacer deporte, no llegó al final de la calle. Aquellas grasas, acumuladas a base de horas y horas de consola, hacían que le faltase el aire cuando apenas llevaba veinte metros de fugaz carrera.

EN CASA DE LISA. Nada más entrar, su madre me dijo que estaban en el salón, que les acompañara. Me quedé impresionado, nunca había visto tantos libros juntos. Había cientos de libros, qué digo cientos, ¡había miles de libros! Estaban ordenados en estanterías que llegaban del suelo al techo y cubrían todas las paredes. Era impresionante. Ahora sí estaba totalmente convencido de que la enfermedad era hereditaria y que venía de muchas generaciones atrás.

Lisa estaba sentada junto a su padre, al lado de una maleta. Cuando me acerqué descubrí que realmente no era una maleta, sino una radio de tamaño gigante. Estaban escuchando las noticias. Tuve que poner una cara rara al ver la radio porque su padre enseguida se dirigió a mí.

–Es un radiocasete con doble pletina de los años ochenta. Lo tenía guardado como recuerdo pero ahora mismo funciona muy bien.

–Ahhh, ¡qué grande!

Pusieron la merienda en una pequeña mesa junto al sofá. Me ofrecieron picar algo y la verdad es que tenía muy buena pinta, así que comí un poco. El padre de Lisa seguía hablando y contando historias.

–Cuando tenía vuestra edad, quedábamos en mi casa o en la de algún amigo. Este radiocasete siempre venía con nosotros. Cada uno llevaba sus casetes y escuchábamos música. A veces, grabábamos nuestras propias canciones o hacíamos de locutores de radio. Siempre, por supuesto, con una buena merienda que nos preparaban nuestras madres. Lo pasábamos genial. Luego salíamos a la calle a jugar. Jugábamos al escondite, al balón prisionero, al rescate, a policías y ladrones, a la botella, a las chapas o a las canicas. Y ahora, ¡ni os miráis! Todo el tiempo con los «cacharros», cada uno en su mundo...

–Papá –le interrumpió Lisa–, no nos cuentes tus batallitas, nosotros también sabemos pasarlo bien y nos divertimos. Los tiempos cambian.

–Claro, pero perdonad que os lo diga: estáis atontados y esto cada vez va a peor. Mirad lo que está ocurriendo, el mundo no sabe vivir sin tecnología.

Seguimos charlando un largo rato. La verdad es que ellos siguieron hablando un largo rato y yo escuchaba embobado mientras comía. Me lo estaba pasando superbién. El padre de Lisa prosiguió contando historias sobre la tecnología de su época. Nos dijo que en los años ochenta, para poder hacer casi las mismas cosas que ahora hacemos con un pequeño móvil, hubiésemos necesitado muchos aparatos que pesaban un montón.

–¡Rob! ¡Rob! ¡Me he olvidado de él! –dije sobresaltado–. Estoy tan a gusto que se me ha pasado el tiempo volando. Lisa, Rob ha ido a hablar con un tal señor Serra.

HOY
AÑOS 80

En ese momento a Lisa se le volcó el vaso de agua sobre la mesa. Le cambió la cara al pronunciar ese nombre, como si supiera algo que, por supuesto, yo ignoraba.

–¿El señor Serra? –preguntó el padre de Lisa.

–Sí, eso me ha dicho Rob.

–Lo conozco. Hace mucho tiempo que no lo veo. Era una eminencia en temas informáticos. Trabajó muchos años para grandes empresas de tecnología. Pero ya no es el mismo, lo dejó todo y hace tiempo que casi no sale de casa, así que no creo que os sea de gran ayuda.

–Quiero ir con vosotros, ¿puedo papi? –dijo Lisa.

–De acuerdo, pero no tardéis mucho.

–Pues vamos corriendo –dije–, que Rob ya estará allí desde hace un buen rato.

Es curioso, iba a pedirle a Lisa que nos acompañara pero no hizo falta. Estaba seguro de que sabía algo que yo desconocía, pero no me dijo nada. «¿Qué podía saber Lisa sobre ese señor Serra? Y... ¿por qué no me quería decir nada?». Pronto lo descubriría.

Me resultaba raro, pero estos últimos días me encontraba mejor de ánimo. Estaba haciendo cosas diferentes, nadie me molestaba y me sentía útil aunque no sabía si serviría para algo. Salimos a la calle y empezamos a correr hacia las afueras del pueblo, en dirección a la casa del señor Serra.

Capítulo 10

¿Para qué me meto en líos?

MEME

Representación gráfica que expresa ideas. Si no hay meme, no ha sucedido... **¡y lo sabes!**

RETTEROFOBIA

Miedo a escribir mal un mensaje. Se trata de una fobia derivada de la ansiedad que produce la incertidumbre de estar escribiendo algo mal, es decir, el mítico miedo al fracaso.

LAMER

Persona que hace ver a los demás que es un gran entendido en algo pero que en realidad no tiene ni idea de nada, ni tampoco tiene intención de aprenderlo.

Llegamos a la vivienda del señor Serra. Era una pequeña casa en planta baja con un descuidado jardín. Las ramas de los árboles asomaban hasta la acera. Daba la impresión de estar abandonada. Estaba empezando a anochecer y el aspecto era todavía más TÉTRICO. Nos acercamos a la verja oxidada y pulsamos el timbre de la puerta de entrada al jardín. No sonaba. No se oía nada. De pronto, un escalofrío recorrió todo mi cuerpo. No sé el motivo pero me entró miedo.

–Parece que no hay nadie –dijo Lisa, que también parecía asustada–, vámonos, igual Rob ya se ha ido.

–No debe funcionar el timbre, vamos.

Dije «vamos», pero no «vamos para casa» que es lo que realmente me apetecía hacer, sino «vamos para adentro». La reja no estaba cerrada con llave, así que entramos hasta la puerta de la casa, una puerta de madera vieja con una aldaba con forma de mano. Golpeamos varias veces. No parecía que hubiera nadie. Lisa volvió a sugerir irnos a casa, pero como no había motivo para tener miedo, le propuse rodear la casa para ver si había una puerta trasera.

Las persianas de las ventanas laterales estaban bajadas y no se podía ver nada del interior. Al girar la esquina, vimos una puerta de cristal con una pequeña ventana al lado. Me empezaba a poner nervioso y el miedo se apoderó de mí. Ahora ya no podía dar marcha atrás. En cada paso que dábamos, solo se oía el chasquear de las hojas al pisar. Me daba la impresión de que el crujir no era únicamente el de nuestras pisadas. Además, tenía la sensación de que una silueta seguía nuestros pasos. Al sonido de las hojas se unió el de los latidos de mi corazón, parecía que se me iba a salir del pecho.

–Juan, vámonos –dijo Lisa en voz baja–, esto no está bien. Estamos en una propiedad privada.

–No estamos haciendo nada malo –le respondí intentando ocultar que yo también tenía miedo–. Vamos a ver si hay alguien y si no, nos vamos.

Nos acercamos y miramos a través de la ventana.

¡CASI ME CAGO EN LOS PANTALONES!

Iba a salir corriendo pero el miedo me paralizó. La ventana daba a la cocina, la luz estaba apagada y al fondo, en el salón, en penumbra, se veía a Rob atado de pies y manos. Llevaba precinto de embalar alrededor del cuerpo sujetándole los brazos y alrededor de los tobillos inmovilizándole las piernas.

–Es Rob es... es... está atado.

–Shhh, no grites –dije tapándole la boca y hablando en voz baja–, debemos hacer algo. Tenemos que volver corriendo y llamar a la policía.

–Va... va... va... vale, pe... pe... pero...

No nos dio tiempo. Alguien nos agarró. Sus brazos rodearon nuestro cuello y nos intentó arrastrar hacia el interior de la casa. Empecé a patalear y a mover la cabeza de un lado a otro. Una de las patadas le golpeó una pierna y noté menos presión en el brazo que me sujetaba. Aproveché para agacharme con fuerza y conseguí zafarme. Por desgracia, esto hizo que pudiera sujetar mejor a Lisa y la arrastró dentro de la casa, olvidándose de mí.

Pude fijarme en él durante un momento. Era un hombre muy alto, con el pelo blanco y una gran barriga. Era bastante fuerte, a pesar de la edad. Aunque realmente no sabría decir qué edad tenía porque su aspecto era horrible. Parecía no haberse duchado nunca. Olía bastante mal, llevaba una camisa llena de manchas a la que le faltaban dos botones por los que le asomaba el ombligo.

Estaba paralizado, no sabía qué hacer. Tenía dos opciones: salir corriendo a buscar ayuda o intentar salvar a Lisa. La segunda opción creo que ni la pensé en aquel momento y salí corriendo.

Cuando llegué a la verja me paré en seco, «¿qué estás haciendo?», pensé. Si iba en busca de ayuda era posible que cuando llegara fuera demasiado tarde.

Me armé de valor y volví a la parte trasera de la casa. Miré por la ventana y vi cómo el señor Serra, si era él, ataba a Lisa.

Los había... ¡**SECUESTRADO**!

Rob parecía tranquilo, todo lo tranquilo que se puede estar cuando estás atado de pies y brazos.

Sentía que era mi oportunidad de hacer algo útil. Tenía que liberarlos, pero debía tener cuidado para no acabar yo también rodeado de cinta de embalar. Vi cómo les decía algo pero no podía oírlo desde fuera. De repente giró la mirada hacia donde yo estaba y me agaché rápidamente. Pensé que me había visto. Levanté la cabeza despacio para volver a mirar por la ventana. Lo había perdido, no se veía en el salón.

Intenté abrir la puerta pero estaba cerrada con llave. Probé con la ventana... «¡Bien! Está abierta». La abrí despacio para no hacer ruido, di un pequeño salto y me colé en la cocina. Me acerqué a la puerta del salón. Solo estaban ellos dos, el señor Serra no se veía por ninguna parte. Antes de actuar debía pensar en un plan. Escuché cómo Lisa hablaba con Rob en voz baja.

–Rob, ¿es el señor Serra?

–Sí, es él.

–Pero ¿no lo conocías? ¿Qué ha pasado?

–He tocado al timbre pero no funcionaba. Como la puerta de la cocina estaba abierta, he entrado llamando a voces.

–¿Has entrado en la casa? ¿Estás loco?

–Necesitaba saber algo, necesitaba mi móvil, necesitaba mis juegos, no podía más. Igual no me oía desde la calle y por eso he entrado.

–¿Y qué ha pasado? –continuó preguntando Lisa.

–He entrado hasta aquí y ¿ves esa puerta que ahora está cerrada? Antes no lo estaba. Me emocioné y no lo pude evitar.

–Rob, ¿qué había?

«Es ahora o nunca», pensé. Decidí entrar e intentar liberarlos. Di un paso hacia el pasillo y de pronto oí un ruido, se abrió una puerta y escuché unos pasos en el salón.

News
Encontrada con vida una menor secuestrada por un hombre que onoció en Internet.
Sana y salva. La joven de quince años, Lara Serra ha vuelto a casa. Desde el 8 de noviembre, su familia la estaba buscando desesperada-
La información obteni
por su padre, A. Serra
un experto informátic
fue fundamental para
localizar al presunto
captor.
Según fuentes polic
la joven y el captor
conocieron a través

Volví lo más rápido que pude y me escondí detrás de la puerta. «Si viene hacia aquí estoy perdido». Por suerte, pasó por el salón resoplando sin decir nada. Escuché el sonido de otra puerta y de nuevo el silencio, hasta que Lisa volvió a preguntar a Rob:

–Rob, ¿qué hay detrás de esa puerta?

–Es una sala de ordenadores como las de las películas, llena de pantallas. ¡Y funcionan! Están todos encendidos. No me he podido resistir y he entrado. He intentado conectar mis juegos pero no cargaban. De pronto ha entrado el señor Serra y... aquí estoy...

–Vale, tranquilo. Juan ha ido en busca de ayuda. Seguro que llegan pronto y nos rescatan.

–Lisa, yo solo quiero irme a casa –dijo Rob sollozando–. Prometo no jugar más si salimos de esta. Bueno, prometo jugar menos si salimos de esta.

Mi cabeza no paraba de dar vueltas, «Lisa piensa que me he ido en busca de ayuda. Ya no hay tiempo que perder, debo actuar rápido y salvar a mis amigos». El corazón me latía a mil por hora. Recuerdo que estuve a punto de perder el conocimiento, pero tenía que seguir adelante.

Capítulo 11

El gran descubrimiento

FAIL

Cuando algo es un fracaso. Mejor no haberlo hecho.

FAKE

Término que se usa en Internet para referirse a algo falso, normalmente se trata de un vídeo o montaje fotográfico que intenta convencernos de su veracidad aunque resulte increíble.

GROOMING

Estrategias de un adulto para ganarse la confianza de un niño o niña en Internet, con el objetivo de obtener fotos o información con fines delictivos.

«Debo actuar rápido y salvar a mis amigos», seguía repitiéndome una y otra vez.

Busqué en los cajones de la cocina, intentando no hacer ruido. Encontré unas tijeras, las cogí y me volví a acercar a la puerta del salón. Tropecé con una silla (¡**AHHH**!), la agarré antes de que cayera al suelo. Lisa miró a la cocina y me vio. Empezó a hacer ruido saltando con la silla. Por un momento pensé que quería delatarme, pero enseguida caí en que lo que quería era simular que el ruido lo había hecho ella.

–¡Niños, dejad de hacer ruido o será peor! –se oyó decir al señor Serra.

«¡Ufff! Por los pelos», pensé. Miré a Lisa desde la puerta y le hice el gesto de ***OK*** con el dedo. Me sonrió y movió la cabeza de un lado a otro indicándome que no. «¿No, qué? ¿Que NO entre, que NO está el señor Serra, que NO debería estar aquí, que NO haga nada?». Encogí los hombros para que supiera que no la entendía.

Levantó lo que pudo la palma de la mano. Eso sí lo entendí, me estaba pidiendo que esperara.

Llamó a voces al señor Serra. No sabía lo que tenía planeado.

–¡Señor Serra, por favor! ¡Señor Serra, venga!

Vi acercarse una sombra y me oculté para que no me viera. Se acercó a Lisa y le preguntó:

–¿Qué quieres? –dijo en un tono desagradable, de pocos amigos–. ¡No me hagas perder el tiempo!

–Creo que ya sé lo que ha hecho y el porqué, pero ¿cómo lo ha conseguido?

–¿De qué hablas niña? ¿Qué vas a saber tú, mocosa?

–Su hija es Lara, Lara Serra, ¿no?

–¿Qué sabes tú de mi hija? –dijo levantando la voz y acercándose a Lisa de forma amenazante.

–Recuerdo haber leído la noticia en la portada de los periódicos. Hasta ahora no lo había relacionado, pero ya lo entiendo. Es por lo que pasó, ¿no es cierto?

–¿Cómo te llamas, bonita? –cambió el tono de voz, esta vez más amable–. Eres muy lista.

–Me llamo Lisa.

–¿Cómo puedes recordarlo? Eras muy pequeña...

–La noticia me impactó. Mi padre dejó el periódico sobre la mesa. Lo vi y lo leí. Recuerdo todo lo que leo.

En ese momento entendí lo que pasó en casa de Lisa, cuando se le volcó el vaso de agua.

Al oír el apellido Serra, Lisa recordó lo que había leído en el periódico. Pero lo que yo todavía no sabía era lo que había leído y qué tenía que ver eso con que estuvieran atados a una silla.

El señor Serra se acercó a un cajón y sacó un papel doblado. Era una hoja de periódico. La dejó encima de la mesa para que pudieran leerla. Yo estaba, cada vez, más intrigado por saber qué ponía en ese trozo de papel de periódico.

Rob no hablaba, miraba de un lado a otro sin enterarse de nada. Muy bueno en los videojuegos pero en la vida real... El señor Serra volvió a dirigirse a ellos elevando el tono:

–¿Sabéis, chicos, qué ocurre cuando publicamos nuestra vida en Internet? ¿Qué ocurre cuando somos tan idiotas que, en lugar de apoyarnos en la gente que nos quiere, preferimos contar nuestros problemas en la Red a miles de personas?

Encontrada con vida una menor secuestrada por un hombre que conoció en Internet.

News

Sana y salva. La joven de quince años, **Lara Serra**, ha vuelto a casa. Desde el 8 de noviembre su familia la estaba buscando desesperadamente. Ese día fue el último que la vieron. Salió a la calle a pasear al perro de la familia y no volvió a entrar. Un hombre se la llevó a **800 km** de distancia de su domicilio.

La joven se encuentra en buenas condiciones, según el informe de la policía. Fue en la noche del martes, en una operación policial, cuando detuvieron al supuesto raptor, de 41 años de edad.

Aterrada, la joven pensaba en volver a casa pero no sabía cómo. Su captor tenía un buen número de **armas en su domicilio**.

Finalmente, tras 23 días secuestrada, la joven Lara ha vuelto junto a su familia. Ahora se encuentra en **tratamiento psicológico** para superar tan duro trauma.

La información obtenida por su padre, A. Serra, un experto informático, fue fundamental para localizar al presunto secuestrador.

Según fuentes policiales, la joven y el raptor se conocieron a través de *Kikweb*, un chat para hacer amigos en la Red. Ella le contó que no era feliz y el raptor decidió ir a buscarla. La llevó a su casa, a 800 km de distancia, y la obligó a ser su esclava durante el tiempo que duró su cautiverio. Le rompió su teléfono móvil y la tarjeta SIM.

DESTACADO

La joven desapareció el pasado 8 de noviembre cuando salió a pasear a su perro.

El supuesto secuestrador la llevó a 800 km de distancia.

La obligó a ser su esclava durante el tiempo que estuvo retenida.

¿Qué ocurre cuando no conoces a tus seres queridos porque viven en un mundo virtual?

¡¡¿¿QUÉ OCURRE ENTONCES??!!

El señor Serra se sentó en una silla, cabizbajo. «Podría hacer algo ahora», pensé, «podría entrar corriendo, coger el precinto y liarlo sobre la silla». Me lo pensé mejor. Me acordaba de lo que tardaba normalmente en encontrar el extremo y despegar el papel celo y decidí esperar un poco más. El único peligro era que, en cualquier momento, quisiera venir a la cocina. Si lo hacía, no tendría escapatoria.

Continuó hablando y yo empecé a comprender la historia:

«He trabajado toda mi vida a favor de los avances tecnológicos. He sido uno de los fundadores de la red social *Kikweb*, he ayudado a crear ese monstruo. Y en esta red social fue donde mi hija conoció a su secuestrador.

¿Sabéis lo que es pasar veintitrés días sin tu hija, sin saber dónde está, sin saber si está bien? No sabía que ella no era feliz. ¡No lo sabía! Se lo contó a un desconocido antes que a sus padres. Y se la llevó. Un día salió a pasear al perro y se la llevó. Sabía todo sobre ella sin haberla visto nunca. Por suerte, pude descubrir datos sobre el secuestrador y, gracias a la policía, volvió a casa sana y salva.

Pero me di cuenta, entonces, de lo arriesgado que es todo esto. De lo peligrosa que es la tecnología. No quería seguir siendo cómplice de esta locura. Mi mujer y mi hija se mudaron a la ciudad, no podían seguir viviendo aquí, con mis miedos y mis obsesiones, pero yo solo tenía una idea en la cabeza y la iba a llevar a cabo».

Bebió un poco de agua y continuó con la historia.

«Decidí crear un virus. Pero no un virus convencional. No tenía prisa, así que creé un pequeño virus que se difundía a través de la Red entre las fotos, la música, los vídeos, los juegos y todo tipo de documentos. No hacía nada malo, solo esperaba, y por eso no podía ser detectado. Durante tres años ha estado reproduciéndose por todos los sistemas informáticos del mundo, esperando el momento.

Pensé que nunca lo activaría pero he tenido que hacerlo. La gente se ha convertido en esclava de la tecnología. Ya no se hablan, no se miran, no se besan… Importa más el personaje que has creado que la persona que eres en realidad.

El virus secuestra la información y bloquea las comunicaciones. Solo yo con los códigos adecuados puedo desactivarlo. Decidí probar durante una semana y ver qué pasaba, si dar marcha atrás o destruirlo todo. Hoy es el séptimo día y ¿os dais cuenta? No podéis vivir sin la tecnología. Estáis atados a ella, os domina. Voy a borrar los códigos y todo habrá terminado. Este será un nuevo principio.

No me queda mucho tiempo. Imagino que vuestro amigo vendrá enseguida con la policía».

–Pero… ¿qué pasará con usted? –intervino Lisa.

El señor Serra se levantó, abrió la puerta de la sala con los ordenadores y se dirigió hacia ellos. Rob empezó a temblar y a sudar. Empezó a moverse y, con su peso, volcó la silla. Se quedó tumbado de lado en el suelo y empezó a llorar.

–No me importa –añadió el señor Serra–. Voy a acabar con todo y después me entregaré a la policía.

–¡¿Y qué hay de su hija?! –dijo Lisa gritando–. ¡¿Ya no le importa?! Se ha convertido en un delincuente. Está haciendo lo mismo que el hombre que se la llevó. ¿Qué va a pensar ella de usted?

Oí el portazo de una puerta. Se había encerrado en la sala para no escuchar a Lisa. Era ahora o nunca. Entré en el salón con las tijeras, solté a Lisa y me arrodillé para liberar a Rob. Me lo puso difícil pero al final lo conseguí. Se levantó e intentó correr hacia la habitación de los ordenadores.

–¡Rob, no! –le dije mientras saltaba sobre él y lo volvía a tirar al suelo–. ¡Deja de hacer el tonto! No podemos hacer nada.

–¡No lo haga! –gritaba–. ¡Por favor, no lo haga! ¡Solo quiero jugar, lo necesito!

Entre los tres tal vez hubiéramos podido con el señor Serra, pero no quería comprobarlo. En ese momento, no me importaba nada lo que ocurriera con la tecnología. Los que realmente me importaban eran mis amigos. Teníamos que salir de allí lo antes posible. Lisa y yo tiramos de Rob como pudimos y llegamos a la ventana de la cocina. Lisa salió sin problemas y yo intenté ayudar a Rob. Le empujaba del culo hacia arriba pero no podía con él. Casi no cabía por la ventana. No paraba de mirar atrás, temía que en cualquier momento apareciera el señor Serra y no pudiéramos escapar.

Al final lo conseguimos. Salimos corriendo sin mirar atrás y llegamos a casa de Rob.

–¿Estás bien? –le pregunté a Rob.

–Sí –me contestó jadeando después de la carrera–, creo que he sido un tonto. Perdonad por cómo me he comportado. Me habéis salvado, muchas gracias.

Se lanzó sobre nosotros y nos dimos un gran abrazo. No dijimos nada más. Creo que los tres pensábamos lo mismo: el señor Serra ya habría borrado los códigos y seguiríamos así durante mucho tiempo. Y, si os soy sincero, no me importaba demasiado. En esos días había aprendido a valorar otras cosas y me sentía feliz.

Nos despedimos y quedamos en vernos a la mañana siguiente para hablar. Observaba a Lisa mientras se alejaba y necesitaba decirle algo, no quería que se fuera, pero no sabía muy bien cómo hacerlo.

–Lisa, ¿qué crees que va a pasar mañana?

–Que ya nada va a ser igual –se encogió de hombros y siguió caminando.

No sé exactamente a qué se refería pero, para mí, os aseguro que ya nada iba a ser igual.

Capítulo 12

¿Casualidad o destino?

LOL
(LAUGHING OUT LOUD)

Riendo en voz alta. Algo me ha hecho mucha gracia.

ROLF
(ROLLING ON FLOOR LAUGHING)

Rodando en el suelo riendo. Algo me ha hecho más gracia todavía.

LMAO
(LAUGHING MY ASS OFF)

Riendo hasta que me caigo de culo, más o menos.

«¿Será casualidad o será el destino? ¿Cómo es posible que deseara que no existiera la tecnología y al día siguiente no funcionara ningún aparato electrónico? ¿Y cómo es posible que todo esto pasara aquí, tan cerca de mi casa? Y lo que es más increíble todavía, ¿que hubiese vivido una aventura y descubierto el misterio?».

Pensando e intentando decidir si era casualidad o destino, me quedé dormido.

Al día siguiente, domingo, al despertarme escuché la tele. Salí corriendo al salón y allí estaban mis padres, viendo las noticias. Decían que la mayoría de los sistemas informáticos habían vuelto a la normalidad. Saltaban de alegría mientras ponían los móviles a cargar para comprobar que funcionaban de nuevo. Estaba contento porque parecía que, al final, el señor Serra se había arrepentido y había desactivado el virus.

Fun News

Las autoridades informan de que las comunicaciones vuelven a funcionar. Los virus informáticos se han desactivado y parece que todo vuelve a la normalidad.

Se desconoce cómo se ha logrado solucionar el problema. Grupos de expertos afirman que debe tratarse de la misma persona o personas que habían creado los virus, las que los han desactivado.

El Gobierno ha anunciado que se va a trabajar en una nueva ley que regule los delitos informáticos y en reforzar los sistemas de seguridad para que algo así no vuelva a ocurrir.

Se sigue investigando la identidad de los delincuentes informáticos que han causado el caos tecnológico de los últimos días.

Seguiremos informando.

Días después supimos que el señor Serra se había ido del pueblo y ya no hemos vuelto a saber nada más de él. Nos gusta imaginar que se fue a ver a su hija y que se han reconciliado.

Pasé a recoger a Rob para bajar al parque con Lisa, como habíamos quedado. Rob ya estaba, de nuevo, probando juegos y comprobando si funcionaban. Le dije que tenía que bajar un poco el ritmo, que estaba «muy viciao». Me prometió que iba a jugar menos, entre dos y cuatro horas al día, salvo los fines de semana que sería dedicación completa. No era mucho pero lo veía bien. Ya no tenía el tic en los dedos y parecía más tranquilo. De hecho me sorprendió, dejó de jugar enseguida y nos bajamos al parque. Su madre le preguntó:

–Rob, ¿no te llevas el móvil?

–No, mamá, no hace falta.

–¿Entonces cómo te llamo para que vuelvas?

–Pues a gritos, como toda la vida...

Salimos de su casa riéndonos. Fuimos al parque y allí estaba Lisa, tan guapa como siempre, sentada en su banco leyendo.

Hablamos de todo lo que había pasado estos últimos días. De cómo iba la gente por las calles como si les faltara algo. Yo le conté a Lisa la situación en la que me encontré a Rob, tirado en el sofá, destrozado y abrazado a su consola. Nos partíamos de la risa.

–Me tengo que ir –nos dijo Rob.

–¿Ya? –le contesté–, si acabamos de llegar. Ya vas a viciarte a tus juegos.

–Anda, porfa –dijo Lisa–, quédate un poquito más.

–No puedo, es que me voy con mi madre. Vamos al cine y luego a cenar –comentó Rob emocionado por la ilusión que le hacía–. Me apetece mucho hacer algo con ella distinto a ir al psicólogo.

Rob se fue corriendo y Lisa cogió el libro para seguir leyendo. De repente me puse nervioso. Estaba a solas con ella. Me senté a su lado y me quedé mirándola fijamente, como había hecho otras veces. Pero esta vez sí hice algo, me lancé. Le di un gran beso en la mejilla y me preparé para perder los dientes.

–¡JUAN! ¿Qué haces? –dijo mientras cerraba el libro de golpe y lo dejaba caer sobre el banco.

–¿Ehhh? ¿Ehhh? Yo, yo... –no me dejó continuar.

–Si vas a hacer algo... hazlo bien...

Pajaricos en bandada
Juan se ha ENAMORADO
Pichón
Genial!
17:34

Me miró a los ojos y me devolvió el beso. Me sonrió, cogió su libro y salió corriendo.

Me quedé sentado en el banco del parque con las orejas y las mejillas rojas, sonriendo como un tonto. Suspiré profundamente y pensé que...

Me daba igual tener o no tener móvil.

«Temo el día en que la tecnología sobrepase nuestra humanidad. El mundo solo tendrá una generación de idiotas».

Albert Einstein

Guía para padres

FUN readers

Artículos publicados en:

http://enfamilia.aeped.es

«Los niños de 6 a 11 años: televisión, Internet y teléfono móvil»

Concha Bonet de Luna.

Pediatra. Centro de Salud Segre. Madrid

Michaela Prochazcova.

MIR de Pediatría. Hospital Universitario Niño Jesús. Madrid

http://guiainfantil.com

«10 motivos para prohibir los smartphone a niños menores de 12 años»

Vilma Medina.

Directora guiainfantil.com

Asociaciones de pediatría, a nivel europeo, recomiendan que los bebés de 0 a 2 años no deben tener contacto alguno con la tecnología; con los de 3 a 5 años, debe ser restringido a una hora al día; de 6 a 18 años la restricción debería ser a 2 horas al día.

LOS NIÑOS DE 6 A 11 AÑOS

A esta edad empiezan la Educación Primaria en España. Es una época donde los niños desarrollan su potencial, su carácter y su autonomía. Comienzan a tener ideas propias. Aunque los amigos empiezan a tener un papel más importante, la familia y los padres siguen siendo los referentes. El estar expuestos a otros adultos significativos (profesores, compañeros de otros cursos, entrenadores, etc.), enriquece su mundo y amplía sus posibilidades.

RECOMENDACIONES

Hay que estar muy atento con las tecnologías, ya que son muy útiles pero también adictivas y potencialmente peligrosas. No debería quitarles tiempo de ejercicio físico, lectura, estudios, relaciones familiares, ni fomentar relaciones virtuales frente a las «reales».

Generalmente, a esta edad no es necesario el móvil.

Es importante elegir bien los programas que ven en TV, los juegos y las páginas web a las que acceden. Los ordenadores deben tener restringido el acceso a ciertas páginas. Los adultos responsables han de saber dónde está navegando el niño en todo momento. No es recomendable que dispongan de ordenador, videoconsola, ni televisión en su habitación.

Es bueno crear una lista de REGLAS que deberán seguir siempre que estén en línea y colocarlas cerca del equipo. Por ejemplo:

Nunca des tu nombre, número de teléfono, dirección, contraseñas o números de tarjeta de crédito.

Si algo te incomoda, apágalo y avísame.

Nunca quedes con alguien que hayas conocido por Internet y no creas que por haber estado chateando mucho tiempo con esa persona es un amigo fiable.

Juan sin móvil

¿POR QUÉ LIMITAR EL ACCESO DE LOS NIÑOS A LOS MÓVILES Y TABLETS?

DESARROLLO CEREBRAL

Un desarrollo cerebral causado por la exposición excesiva a las tecnologías puede acelerar el crecimiento del cerebro de los bebés de entre 0 y 2 años de edad, y asociarse con la función ejecutiva y déficit de atención, retrasos cognitivos, problemas de aprendizaje, aumento de la impulsividad y de la falta de autocontrol (rabietas).

RETRASO EN EL DESARROLLO DEL NIÑO

El excesivo uso de las tecnologías puede limitar el movimiento, y consecuentemente el rendimiento académico, la alfabetización, la atención y las capacidades.

OBESIDAD INFANTIL

El sedentarismo que implica el uso de las tecnologías es un problema que está aumentando entre los niños. La obesidad lleva a problemas de salud como la diabetes, enfermedades vasculares y cardíacas.

ALTERACIONES DEL SUEÑO INFANTIL

Los estudios revelan que la mayoría de padres y madres no supervisan el uso de la tecnología de sus hijos en sus habitaciones, con lo que se observa que los niños tienen más dificultades para conciliar el sueño. La falta de sueño afectará negativamente a su rendimiento académico.

ENFERMEDAD MENTAL

Algunos estudios demuestran que el uso excesivo de las nuevas tecnologías está aumentando las tasas de depresión y ansiedad infantil, trastornos de vinculación, déficit de atención, trastorno bipolar, psicosis y otros problemas de conducta infantil.

CONDUCTAS AGRESIVAS EN LA INFANCIA

La exposición de los niños a contenidos violentos y agresivos puede alterar su conducta. Los niños imitan todo y a todos, así que hay que vigilar el uso y la navegación de los niño en móviles y *tablets*.

FALTA O DÉFICIT DE ATENCIÓN

Debido a la gran velocidad de sus contenidos, el uso excesivo de las nuevas tecnologías puede causar déficit de atención y disminuir la concentración y la memoria de los niños.

ADICCIÓN INFANTIL

Los estudios demuestran que uno de cada once niños de 8 a 18 años son adictos a las nuevas tecnologías. Cada vez que los niños usan dispositivos móviles se separan de su entorno, de amigos y familiares.

DEMASIADA RADIACIÓN

La OMS, Organización Mundial de la Salud, clasifica los teléfonos móviles como un riesgo debido a la emisión de radiación. Los niños son más sensibles a estos agentes y existe el riesgo de contraer enfermedades como el cáncer.

SOBREEXPOSICIÓN

La constante sobreexposición de los niños a la tecnología los hace vulnerables, explotables y se exponen a abusos.

@J_A_BERNAL

@JV_SARMIENTO

@FUNREADERS

#JUANSINMOVIL